F. BOISSONNEAU

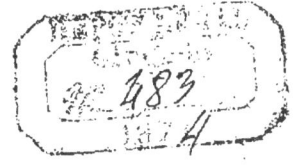

L'HOMME DU DEVOIR

BORDEAUX

FÉRET & FILS, LIBRAIRES-ÉDITEURS

15, COURS DE L'INTENDANCE

PARIS

LEMERRE, LIBRAIRE-ÉDITEUR

27 & 29, PASSAGE CHOISEUL

1874

L'HOMME DU DEVOIR

BORDEAUX. IMPRIMERIE DUVERDIER & COMP. (DURAND, DIRECTEUR)

F. BOISSONNEAU

L'HOMME DU DEVOIR

BORDEAUX

FÉRET & FILS, LIBRAIRES-ÉDITEURS

16, COURS DE L'INTENDANCE

PARIS

LEMERRE, LIBRAIRE-ÉDITEUR

27 & 29, PASSAGE CHOISEUL

1874

A SA GRANDEUR

MONSEIGNEUR DE LA BOUILLERIE

ARCHEVÊQUE DE PERGA

COADJUTEUR DE BORDEAUX

L'HOMME DU DEVOIR

I

Qui voudrait s'arrêter à ce portrait facile
Où l'homme est reproduit aussi faux que le style :
Inondé de parfums, ivre de volupté ;
Rêvant, pour dépenser son inutile vie,
De quelque passion encore inassouvie,
D'un horrible plaisir qu'il n'aura pas goûté ?

Qui voudrait voir un homme au sein de cette foule
Où, sans frémissement, tout principe s'écroule ;
Où toute vérité compte des apostats ;
Où des beaux sentiments la source est épuisée ;
Où la vertu n'est plus qu'un objet de risée ;
Où l'honneur cherche en vain de fidèles soldats ?

Non ! ce n'est pas courbé sous le sensualisme,
Perdu dans les détours d'un obscur athéisme,
Sans air et sans soleil, qu'un homme peut mûrir !
Il lui faut, de nos jours, une plus forte école,
Un solide aliment pour l'aliment frivole...
Quand on ne sait plus vivre on ne sait plus mourir !

Tu ne te donnes pas, titre d'homme... on t'achète !
Et tu deviens parfois la plus âpre conquête ;
Et pour te conserver il en coûte plus cher !
O titre fait d'amour et de souffrance intime,
O titre le plus saint, titre à jamais sublime,
Quel front, en te portant, saurait être assez fier ?

Ah ! tu n'es pas éclos d'un cerveau romantique,
Homme de ma pensée... ô toi, lutteur antique,
Dont je voudrais saisir la puissante couleur !
C'est qu'il ne suffit pas, pour tes suprêmes charmes,
De tremper hardiment un pinceau dans les larmes,
Un pinceau dans le sang... il faut broyer son cœur !

II

L'homme de ma pensée !... il n'est pas dans les sphères
Où, dédaignant toujours les mâles caractères,
On se distingue mieux par le faste et l'orgueil !
Il n'est point là, parmi ces banales figures
Qui, pour se décorer, n'ont que leurs flétrissures...
Et qui, de leurs succès, nous font un vaste deuil !

Il n'est point là, parmi les fameux utopistes,
Ni parmi les rhéteurs, ni parmi les sophistes,
Ni parmi tout ce monde au mérite saillant...
Grands hommes, j'en conviens ; mais ils n'ont pas la taille
De l'homme que je vois sur son champ de bataille ;
Plus modeste toujours et toujours plus vaillant !

Il est grand, celui-là... d'une grandeur divine;
C'est un souffle divin qui gonfle sa poitrine;
C'est un éclair divin qui met son œil en feu!
Au-dessus des dangers promenant son audace,
Il va comme un géant!... devant lui tout s'efface!
Qui lui résisterait, quand il respire Dieu?

Sur sa route, en voyant son allure superbe,
L'obstacle est effrayé; le chêne est un brin d'herbe!
Où dix mille ont péri lui seul a survécu...
Plus fort que le torrent, plus fort que la montagne,
Il franchit tout, ayant la foi pour sa compagne...
Il peut être écrasé, mais il n'est pas vaincu!

L'ouragan prouve l'arbre et le malheur fait l'homme.
Il le sait... de sa force il décuple la somme,
Quand le malheur lui porte un défi solennel!
Ardent, il le mesure; il l'étreint avec rage...
Vous semble-t-il ployer un instant sous l'orage?
Regardez... il s'élance encor mieux vers le ciel!

Comme un champ tourmenté dont l'affreuse charrue
A déchiré cent fois la profonde étendue,
Voit jaillir, en été, la moisson de ses flancs...
Tel il dompte le mal, et le mal le seconde!
Et dans son âme aussi la douleur est féconde,
Et son âme fleurit sous des baisers sanglants!

III

Ne vous étonnez pas des triomphes sans nombre
Qui jettent bruyamment tant d'éclat sur tant d'ombre;
Cet homme, malgré lui, les attache à ses pas!
Cet homme est revêtu d'une magique armure,
Où ne passe jamais la honteuse blessure;
Si parfois il frémit, du moins il ne fuit pas!

O merveilleuse armure! il faut que je te nomme,
Puisqu'un homme sans toi ne saurait être un homme!
Seras-tu quelque jour le prix de mes soupirs?
Trop lourde pour les uns, elle porte les autres...
Elle fait les guerriers, elle fait les apôtres,
Elle fait les héros, elle fait les martyrs!

C'est lui! c'est le devoir! c'est le mot dont l'époque,
Parce qu'il la rabaisse,... impudemment se moque;
Le mot dont elle a peur tant il lui semble noir!
Cette armure, c'est lui... c'est le devoir austère;
C'est le devoir jaloux de ce qu'on lui préfère,
Et qui vous tient debout contre le désespoir!

Cette armure, c'est lui, le devoir inflexible!
Toujours plus exigeant et toujours plus terrible,
Il ne pardonne pas à qui l'a déserté!
Mais c'est lui, le devoir, qui, dans le cœur des braves,
Pour la goutte de sang qu'ils laissent aux entraves,
Verse à flots généreux la sainte volupté!

C'est lui! c'est le devoir! Il transforme en délices
Et tous les dévoûments et tous les sacrifices;
Les jours sans nourriture et les nuits sans sommeil!
C'est lui! c'est le devoir! Il commande,... on se lève...
Et l'on va, d'un pied ferme, offrir sa tête au glaive!
Ce trépas est suivi d'un splendide réveil!

Le devoir! mot céleste! ah! que partout il vibre!
Car il n'enchaîne pas, le devoir... il rend libre!
Il rend libre au-dessus du faux sens d'aujourd'hui,
Au-dessus des pouvoirs qu'on flatte et qu'on renie,
Au-dessus des honneurs et de la calomnie...
Libre au-dessus de tout... car le devoir, c'est lui!

Ah! l'homme du devoir... il n'a pas de prestige;
Il a sa volonté qui force le prodige!
S'il tombe, en combattant, dans son obscurité,
Et si l'humble gazon le dérobe à la gloire...
Qu'importe? il ne veut rien; la mort est sa victoire;
La mort,... qui le conduit à l'immortalité!...

IV

Cet homme manque-t-il, à ce moment suprême
Où rien ne doit manquer au pays que l'on aime,
Où soudain les petits doivent se faire grands?
Notre séve gauloise est-elle enfin tarie?
Répondez-moi, foyer! répondez-moi, patrie!
Cet homme manque-t-il, Seigneur, à tous les rangs?

Que votre majesté ne soit pas offensée,
O vous, esprit moderne, et vous, libre-pensée!
Vos hommes sont venus; vos fruits sont déjà mûrs;
Votre souffle, en séchant nos plus vives croyances,
A jonché notre sol de tristes défaillances!
Qu'aviez-vous donc promis à nos âges futurs?

Dieu vous gêne... et dès lors vous voulez le proscrire;
Vous n'exilez pas Dieu; c'est Dieu qui se retire!
Il va rougir de vous qui rougissez de lui;
Et sur vous répandant de nouvelles ténèbres,
Il troublera demain tous vos concerts funèbres...
Et vous mourrez de honte en cherchant un appui!

Et nous tous, nous vivrons; car la vie est promise
A la foi qui combat, qui prie et civilise!
Où Dieu vit largement on ne peut pas mourir...
Ne le savez-vous plus, ô jeunesse française?
Nous vivrons, nous vivrons... mais il faut qu'il vous plaise
De féconder la vie au lieu de la flétrir!

Quand le monde ébranlé s'affaisse d'heure en heure;
Quand la France languit et quand la France pleure;
Quand il n'est bientôt plus de famille et d'autel...
Que faites-vous du feu qui roule dans vos veines?
Si vos pas sont brûlants, si vos forces sont pleines...
N'est-ce pas pour courir plus vite à cet appel?

N'êtes-vous pas les fils du sol le plus fertile?
Vous vous lèverez donc et par cent et par mille,
Plus saintement jaloux de notre antique honneur!
Nous avons assez vu les hommes de génie
Nous traîner fièrement jusqu'à l'ignominie!
Nous les avons trop vus! Place aux hommes de cœur!

Le cœur! le noble cœur ne sait pas l'égoïsme;
Le cœur est le foyer du vrai patriotisme;
Comme il a les élans, le cœur a le pouvoir!
Plus le mal est profond et plus on désespère,
Plus le cœur se prodigue et plus il régénère...
Car le cœur, c'est la foi! le cœur, c'est le devoir!!.

8 juillet 1874

BORDEAUX, IMPRIMERIE DUVERDIER & COMP. (DURAND, DIRECTEUR)

www.ingramcontent.com/pod-product-compliance
Lightning Source LLC
Chambersburg PA
CBHW061736180626
46818CB00006B/2656